TOME II : DUNGEON
SCÉNARIO : HIROSHI TAKASHIGE
DESSINS : DOUBLE-S

SOMMAIRE

LAISSER LES PLEURS DE LA PETITE TRAHIR LEUR PRÉSENCE, JE NE SAURAIS DIRE...
SI C'EST DE L'ASSURANCE OU DE L'INCONSCIENCE !
MAIS IL FAUT RECONNAÎTRE QUE NOTRE HOMME A DU CRAN DE PASSER À L'OFFENSIVE...
ALORS QU'IL A ÉTÉ REPÉRÉ !
VOUS ME FAITES QUOI, LÀ ? VOUS N'ALLEZ TOUT DE MÊME PAS ACCEPTER DE BOSSER POUR LUI, HEIN ?

BIEN SÛR QUE NON !
EN REVANCHE, JE SUIS TRÈS CURIEUX DE CONNAÎTRE SES PROJETS !
...
QUELS SONT DONC LES CRIMES QU'IL TIENT À COMMETTRE AU POINT D'ÊTRE PRÊT...
À QUITTER ELEMENTS NETWORK ?
JE LE SAURAI UNE FOIS QUE JE L'AURAI BATTU ! HÉ HÉ HÉ...
...

BON...
JE VAIS AVOIR BESOIN DE VOTRE MATÉRIEL ET DE VOTRE STOCK D'ARMES !
FAITES COMME CHEZ VOUS !

chapitre 85

NE T'EN FAIS PAS, ILS NE VONT PAS AT-TAQUER PAR DERRIÈRE !

AH OUAIS ? ET QU'EST-CE QUI T'EN REND SI SÛR ?
ILS N'ONT PAS ASSEZ D'HOMMES À SACRIFIER POUR NOUS AFFRONTER DANS CES GALERIES ÉTROITES...
QUAND ILS VIENDRONT, CE SERA EN MASSE, AFIN DE NOUS ENCERCLER ET D'EN FINIR D'UN COUP...
PLUTÔT QUE D'ESSAYER DE NOUS AVOIR À L'USURE !
SI TU LE DIS ...
BON, ENTRE NOUS, TU AS DES CHANCES DE LE REMPORTER, CE DUEL, AU MOINS ?
NON !
QUOI ?!
MAIS...

ÇA FAIT UN MOMENT QUE JE ME DIS...
QU'ON N'IRA PAS LOIN, SI ON N'EST PAS CAPABLES DE SE TIRER DE CE GENRE DE SITUATION !
JE SUIS TOMBÉ SUR UNE SACRÉE TÊTE BRÛ-LÉE...
TU ES PRÊTE ?
OUI...
BON, ALORS TU OUVRES LA MARCHE !

NON MAIS...
AT-TENDS !
CE N'EST QU'UNE GA-MINE ! TU LUI EN DEMAN-DES TROP !
METS-LA EN VEILLEUSE ! ELLE EN EST PARFAITEMENT CAPABLE !
NE VOUS INQUIÉ-TEZ PAS POUR MOI...
...
ÇA IRA !
C'EST LOIN D'ÊTRE LA PREMIÈRE FOIS QUE JE LE FAIS ...
...

タッ
TAP
BON SANG...
MAIS QUEL GENRE DE VIE ILS MÈNENT, CES DEUX-LÀ ?!

EH BEN VOILÀ ! DIRE QU'IL NOUS AURA FALLU TROIS SEMAINES POUR EN DÉNICHER UN...
OH !

BAH ALORS ? C'EST TOI QUI NOUS AS CONDUITS À LUI !
MAIS... MAIS... IL... IL EST SI...
GROAAAR
HÏÏ !
LE GROGNEMENT VIENT DE HAUT... ÇA DOIT ÊTRE UN GROS MORCEAU !

TU IGNORAIS QU'UN OURS POUVAIT ÊTRE AUSSI EFFRAYANT, VU DE PRÈS ?
C'EST AUTRE CHOSE QU'À LA TÉLÉ, PAS VRAI ? TU ES PARALYSÉE !
MAIS JE NE TE LAISSERAI PAS TE DÉFILER...
TU VAS T'APPROCHER DE LUI ET ESQUIVER SA PREMIÈRE ATTAQUE !
TU... TU N'ES PAS SÉRIEUX ?
BIEN SÛR QUE SI ! JE SAIS QUE TU EN ES CAPABLE !
CALME-TOI ET ESSAIE D'ANTICIPER SES MOUVEMENTS !
LUI AUSSI TE CRAINT !

DOMINE TA PEUR !
SINON, JE NE POURRAI PAS CONTINUER À TE PROTÉGER !
?!
SI TU TE PLANTES, C'EST MOI QUI ME FERAI BOUFFER !
GRR...
GLOUPS

O...
OK, J'Y VAIS !
TAP

PFT フッ
PFT フッ
クWIP ル
TAP トッ
?

ス
TAP ッ
QU'EST-CE QUE ...
DÈS QUE TU ENTENDS CRIER, COMPTE JUSQU'À TROIS PUIS FONCE DANS LE TAS !
???
TSSSH
チャッ

TAP
TAP
LE VOILÀ !
VSH
RA
TA
TA
TA

?!
VSH
BAAAM

VSH
VSH
チャッ
CLAC
COU-COU !
NE LE TUE PAS !
TSS ...

VLAM
PLAF
FAUT LES ÉPARGNER, EN PLUS ?
TAP
TAP

MAMORU !
ATTENTION ! À DROITE !!
?!

RATATATATA
TA
TA
TA
TA
TA
MAMORU !

JUSQU'À CE QUE LA MORT NOUS SÉPARE

Until Death Do Us Part

chapitre 86

RA
TA
TA
TA
TA
MAMORU !

TU L'AS EU ?!
BIEN SÛR, QU'EST-CE QUE TU CROIS ?!
ドスンッ
BOUM
?
AH !

MAMORU !
ILS ONT CARRÉMENT SORTI L'ARTILLERIE LOURDE...
TOUTES LEURS MANŒUVRES SENTENT LE TRAQUENARD À PLEIN NEZ !
COMMENT ÇA ?
MAIS ILS SONT DISPOSÉS D'UNE DRÔLE DE FAÇON !

NOS ASSAILLANTS SEMBLENT PLACÉS DE MANIÈRE À CE QU'ON ARRIVE AU MÊME ENDROIT, ET CE, QU'ON CHOISISSE DE LES ÉVITER OU DE LES DÉMOLIR !
À MON AVIS, ON CHERCHE À NOUS CONDUIRE EN UN LIEU BIEN PRÉCIS… CES EMBUSCADES MANQUENT TROP DE COORDINATION POUR QU'IL EN SOIT AUTREMENT !
ON FAIT QUOI, ALORS ?
EH BIEN…
ÇA MÉRITE RÉFLEXION, MAIS…
?
GRR
グイッ

HEIN ? QUOI ?
TAP
タッ
TAP
タ
TAP
タッ
RA
TA
タ
タ
タ
ターン
TA
TA
TA
TA
タ
タ
タ
ターン
TAC
ガ
TAC
ガ
TAC
ガ
ILS NE VONT PAS NOUS LAISSER LE TEMPS DE COGITER !

TAC
TAC
TAC
TAC
TAC
CLAC
ガチャッ
RA TA TA TA TA
タタタン
LES HOMMES DE WISEMAN...

TAC
TING
TAC
TAC
TAC
...
RATATATA
TA
TA
TA
TAC
TAC
TAC

NON, ATTENDS !
TATATA
TATATA
PAS PAR LÀ !
IL NE T'ENTEND PAS, AVEC CE RAFFUT !
MAMORU !!
PLUS TARD !

スッ
FSH

TAP
ザ
TAP
ザッ
TAC
TAC
TAC
TAC
ガガガガ
FIUU
ヒュンッ

RA タ
TA タ
TA タ
ン
TAC ガ
TAC ガ
TAC ガ
キ
ン
DJING
?!
RA TA TA TA
タタタタ
TAC ガ
TAC ガ
TAC ガ
TAC ガ
TAP ダッ
TAC ガ
TAC ガ
TAC ガ

TCHAC
ドガッ
BLAM
IL M'A MANQUÉ QUELQUES CENTIMÈ-TRES...
RA TA TA TA
タタタタ
TAC TAC TAC TAC
ガガガガ
ILS ES-SAIENT D'EN-TRAVER MA PROGRES-SION...

タタタタタン
TA TA TA
タタタ
BRA TA TA
タタタン
RA TA TA TA TA
IL S'EN TIRE PLUTÔT BIEN...
SON ARME-MENT EST LIMITÉ...
...
UN SABRE POUR LE CORPS À CORPS ET DES COUTEAUX DE LANCER POUR LE COMBAT RAP-PROCHÉ...

À MOYENNE DISTANCE, IL COMPENSE SON MANQUE D'ARMES PAR DES SPRINTS FORMIDABLES ET PAR SON SENS AIGU DU COMBAT...
MAIS SI ON S'ÉLOIGNE ENCORE PLUS, IL NE MET PAS LONGTEMPS À QUITTER LA PARTIE...
BREF, LE COMBAT À LONGUE DISTANCE NE L'INTÉRESSE PAS !
タ TA タ TA タ TA
ON VA DONC RESTER À MOYENNE DISTANCE. MES HOMMES LUI DONNENT DU FIL À RETORDRE, CE QUI ACCROÎT SA FRUSTRATION...
タ TA タ TA タ TA
À LAQUELLE VIENT S'AJOUTER LA FATIGUE, CAR IL EST BIEN OBLIGÉ DE PASSER À L'OFFENSIVE...
SANS OUBLIER QUE LES COUPS DE FEU QUI CLAQUENT SANS CESSE DANS CET ESPACE RESTREINT VONT L'ASSOURDIR PETIT À PETIT...
ET AINSI DIMINUER SON EFFICACITÉ !

PARTI COMME C'EST, ILS VONT S'ÉPUISER MUTUELLEMENT. LE VAINQUEUR SERA LE PLUS ENDURANT...
C'EST-À-DIRE LE SAMOURAÏ !
C'EST VRAI, MAIS JE N'AI PAS AUTANT DE MATÉRIEL SOUS LA MAIN, CE COUP-CI...
ET IL N'Y A QUE MES TROIS HOMMES QUI PUISSENT LUI TENIR TÊTE DANS DES CONDITIONS PAREILLES !
VOUS AVEZ CHANGÉ DE STRATÉGIE ? LA DERNIÈRE FOIS, VOUS L'AVIEZ COINCÉ EN LUI IMPOSANT DES COMBATS AU CORPS À CORPS COMBINÉS À DES TIRS DE SNIPER...
JE VOIS...
OUI, MAIS SI J'AI VU JUSTE, SON SABRE DEVRAIT PERDRE DE SON TRANCHANT, COMME QUAND IL A AFFRONTÉ FANG...
ET QU'IL A ÉTÉ OBLIGÉ DE CHANGER DE LAME AU BEAU MILIEU DU COMBAT !
C'EST LÀ...

QUE JE SORS UNE NOUVELLE CARTE !
ÇA COMMENCE À BIEN FAIRE !!
TCHAC
パシュ
TCHAC
パシュ
TCHAC
パシュ
TCHAC
パシュ
PSHHH
シュウウ..

ズ
SLASH
ガッ
チャッ
CLAC
バッ
VSH
タタタタ
RATATATA
タタタタ
TATATA

JOLI TRAVAIL D'ÉQUIPE !
RATATATATA
ILS VEULENT QUE JE LES SUIVE...
TAP
RECULE !
TAP
CRAC
CRAC
?!

BLAM

no data
UN TANK ?!
ドン BANG
BANG
ドン
BANG ドン
CRAC
CRAC
CRAC
ガガガ

ガ ガ ガ
TAC
TAC
TAC
ビリ
CRAC
ビリ
CRAC
ビリ
CRAC
ビリ
CRAC
ビリ
CRAC
TAC
TAC
ガガガガ
TAC
TAC
AAAH !!
VRRMM
オオオオオ

ILS ONT MONTÉ UNE ARME MODERNE SUR UNE RELIQUE DE LA DERNIÈRE GUERRE !
JE NE VAIS PAS POUVOIR LA NEUTRALISER, AVEC CES TROIS-LÀ DANS LES PATTES...
VRR
キュル
VRR
キュル

VRR
キュル
キュル
VRR

chapitre 87

ウイイイイ
VVVT
ウイイイイ
VVVT
ササッ
VSH
スッ
TAP
BON SANG...
J'AVAIS DÉJÀ ASSEZ DE MAL AVEC CES GAILLARDS SANS QU'UN TANK SE POINTE AU MILIEU DU COMBAT !

PAR-DESSUS LE MARCHÉ, J'AI PERDU 80 % DE MES CAPACITÉS...
TSS... ILS ESSAIENT DE ME PRENDRE EN TENAILLE !
JE VAIS DEVOIR GAGNER DU TEMPS JUSQU'À CE QUE MON BRAS SE RÉTABLISSE...
TA TA TA TA

LA VACHE ! ILS ONT CARRÉMENT SORTI UN CHAR D'ASSAUT...
ON EST COMPLÈTE-MENT EN-CERCLÉS !
RaskaL
POUR L'INSTANT, NOS ASSAILLANTS SE TIENNENT EN RETRAIT À CAUSE DU TANK, MAIS ILS ATTAQUERONT DÈS QU'ON LEUR EN DONNERA L'OR-DRE...
MAIS ...
COMMENT TU SAIS TOUT ÇA ?
J'AI BESOIN QUE VOUS RES-TIEZ ICI, POUR LA SUITE DES ÉVÉNEMENTS...
JE SUIS SÛRE QUE VOUS ÊTES PRÊT À Y FAIRE FACE...
?

SURTOUT, NE BOUGEZ PAS D'ICI AVANT MON SIGNAL !
TAP
OÙ TU VAS ?!
QUELLE MOUCHE L'A PIQUÉE ?!
COURAGE ! JE PEUX LE FAIRE !!

C'EST ÇA, MON GARS, COURS !!
WNT
ウイーン
T'EXCITE PAS ! LE BRAS DROIT DU BOSS NOUS A DIT DE COUVRIR LES TROIS ÉTRANGERS !
ÇA VA, JE SAIS ! ET TOI, NE TIRE PAS AVEC LE CANON !
C'EST DE LA FERRAILLE DE LA DERNIÈRE GUERRE, PAS COMME LA MITRAILLEUSE !
T'INQUIÈTE ! JE NE VAIS PAS ME SERVIR DE CE VIEUX MACHIN, ALORS QU'AVEC LA SULFATEUSE...
JE PEUX DÉCHIRER LES MURS COMME DU PAPIER !
DO
DO
DOM

DOM
DOM
TAC
TAC
TAC
TAC
DOM
DOM
À DROITE ! TOURNE À DROITE !!
OK ! EH, IL S'EN FAIT POUR RIEN, KOMURA !
IL A BEAU ÊTRE ANCIEN, C'EST TOUT DE MÊME UN TANK ! QU'EST-CE QUE TU VEUX QU'UN HOMME LUI FASSE ?!
POM
POM
POM
HA HA HA !
Shit!
VRRRRR

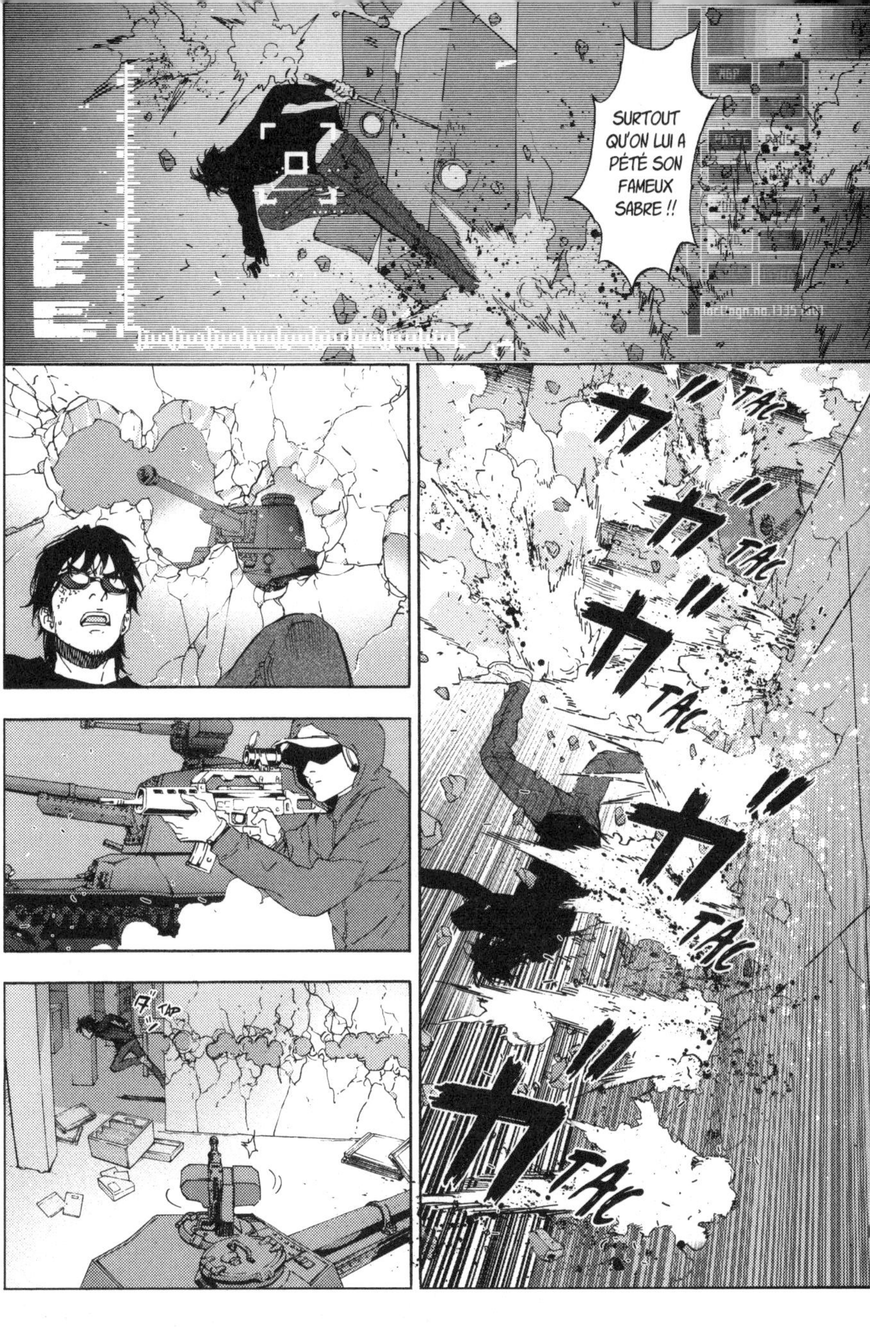
SURTOUT QU'ON LUI A PÉTÉ SON FAMEUX SABRE !!
TAC
TAC
TAC
TAC
TAC
TAP

PAS SI VITE, MON GAILLARD !!
CRÈVE !!!
CRAC
BOUM
ガラ
BOUM
ガラ
VRR
キュル
VRR
キュル

UN TANK DE TYPE 3 ÉQUIPÉ D'UNE MITRAILLEUSE LOURDE MO-DERNE...
VIEUX MODÈLE OU PAS, ÇA EN FAIT UNE ARME REDOUTABLE !
SON POINT FAIBLE EST DANS LE BLINDAGE LATÉRAL, MAIS CES GARS-LÀ SONT DOUÉS, ILS NE LAIS-SERONT PAS BLADE S'EN APPROCHER... ILS L'OBLIGENT À RESTER SUR LA DÉFENSIVE !
EN PLUS, IL A PERDU SON MEILLEUR ATOUT... COM-MENT VA-T-IL S'EN TIRER ?

OH !
HAN
HAN
...
AIDEZ MAMORU !

C'EST VOUS QUI NOUS SUIVIEZ, N'EST-CE PAS ?
S'IL VOUS PLAÎT, AIDEZ-LE !
...
JE COMPRENDS TOUT À FAIT QUE TU AIES PEUR POUR LUI, MAIS JE SUIS LÀ POUR TE PROTÉGER...
PAS POUR L'ASSISTER !
JE VOUS DEMANDE SEULEMENT DE LUI DONNER UN TUYAU !
VRAIMENT ?
ÇA SUFFIRA ?

OUI, MAMORU S'EN SORTIRA, QUOI QU'IL ARRIVE !
CE QUI M'INQUIÈTE ...
C'EST QUE SES ADVERSAIRES SONT FORTS...
ET PLUS ILS LUI DONNERONT DU FIL À RETORDRE, MOINS IL ESSAIERA DE LES ÉPARGNER !
ALORS S'IL VOUS PLAÎT...
?!

ドドドドド
PA
PA
PA
PA
PAM
ガ TAC
ガ TAC
ガ TAC
ガ TAC
ガ TAC
C'EST PAS PASSÉ LOIN !

PAR ICI !
FSH
バッ
FIVUU
ヒューッ
キーンッ
!!
TCHAC
TCHAC

VSH
TAP
TAP
BOUM
IL EST PASSÉ DE L'AUTRE CÔTÉ DU MUR !
NE LE LÂCHE PAS !

VOILÀ CE QUI ARRIVE QUAND DES AMATEURS SE MONTENT LA TÊTE !
LE PASSAGE EST TROP ÉTROIT POUR QU'ON PROTÈGE LES FLANCS DU TANK ! ON EST OBLIGÉS DE LES COUVRIR PAR DERRIÈRE !
STOP !
キュル
VRR
キュル
VRR
キュル
VRR
PAS LE CHOIX !
ON EST BLOQUÉS !
RECULE, PUIS FONCE UN BON COUP !

VSH
GRRR
VRR
VRR
VRR
TING
C'EST LÀ QU'IL FAUT FRAPPER !!
?!

RA...
AA...
A...
AAH !!
CRÈVE !
BOUM
BOUM
BOUM
BOUM

AAAAH!!
TCHAC

AAAAAAÏE !!
QU'EST-CE QUI SE PASSE ?!
VSH
VSH
SLASH
AAAAH !!
?

JE NE VAIS PAS RETENIR MES COUPS, ESPÈCES D'ORDURES !
VOUS ÊTES PRÉVENUS !

chapitre 88

IL A MÊME DÉMOLI NOTRE TANK, MERCI À CES ABRUTIS DE PILOTES !
AUCUNE IMPORTANCE ! CE N'ÉTAIT QU'UNE ANTIQUITÉ QUI PRENAIT LA POUSSIÈRE DANS LES GALERIES ...
JUSTE UNE DISTRACTION, HISTOIRE DE GAGNER DU TEMPS !
LE SAMOURAÏ N'EN AURAIT FAIT QU'UNE BOUCHÉE, SI TES HOMMES N'AVAIENT PAS BRISÉ SON SABRE SUR UN COUP DE CHANCE...
ILS L'ONT BIEN AFFAIBLI... JE N'EN ATTENDAIS PAS TANT DE LEUR PART !

LE PROCHAIN PIÈGE DEVRAIT DONNER PLUS DE FIL À RETOR-DRE À NOTRE PROIE...
PARCE QUE CE VIEUX RE-NARD A EN-CORE AUTRE CHOSE EN RÉSERVE ?
ON A POURTANT ÉTÉ PRIS À L'IMPRO-VISTE !
JE N'ARRIVERAI JAMAIS À LE CERNER, CE WISEMAN...
HMM... ON A UN AUTRE VISI-TEUR, À CE QUE JE VOIS !
IL A RÉUSSI À SE FAUFILER JUSQUE LÀ-BAS EN ÉCHAPPANT AUX CAMÉRAS...

?!
C'EST SENJI !
ATTENDEZ, JE LE CONNAIS, CELUI-LÀ !
VRRR
VRRR
QUOI ?!
ALORS C'EST LUI QUI LES A CONDUITS ICI ?

J'AI DES NOUVELLES DE L'ÉQUIPE QUE J'AVAIS ENVOYÉE PRENDRE NOS INVITÉS-SURPRISES À REVERS...
AH, D'ACCORD ! IL AVAIT PRÉVU LE COUP, LE SALAUD !
COMMENT ÇA, LE TUNNEL SOUS LA VIEILLE BARAQUE ? MAIS J'AVAIS PLANQUÉ LA CLÉ !
IL Y A DES PIÈGES SUR TOUT LE CHEMIN QU'ILS ONT EMPRUNTÉ POUR ENTRER, IMPOSSIBLE D'AVANCER...
LES INTRUS N'ONT RIEN LAISSÉ AU HASARD !

...
JE SUPPOSE QUE C'EST AUSSI CET INDIVIDU...
QUI A PLACÉ DES EX-PLOSIFS POUR OUVRIR LA VOIE AU MOTARD...
QUI A PRIS D'ASSAUT VOS LOCAUX !

JE LAISSE DEUX HOMMES ARMÉS GARDER L'ENTRÉE, AU CAS OÙ…
SANS DOUTE, OUI…
BONNE IDÉE…
IL Y A DÉJÀ ASSEZ DE GÊNEURS COMME ÇA !
TAC
TAC
S'IL ÉTAIT RESTÉ BIEN SAGEMENT À L'HOSTO, J'AURAIS PU FAIRE CROIRE QUE JE SUIVAIS SES ORDRES…
CE CRÉTIN DE BOSS…

ウィイ
WNT
ドドド
BOUM
ガガッ
CRAC
ガガッ

MERDE ! JE N'Y VOIS PLUS RIEN !!
BOUM
CRR
CRR
CRR
TAP
CRAC

BOUM
ガ
ラ
ラ
ッ

SLASH

AAAAH !!
CLAC
PSHHHH
TAP
HMM... JE MANQUE D'AL-LONGE, AVEC MON SABRE CASSÉ...
VSH

BON SANG !
チャッ
CLAC

SALO-
PERIE !
SI ON ÉTAIT AU COMPLET, ON EN AURAIT DÉJÀ FINI AVEC LUI !
...
IL A COMPRIS NOTRE TACTIQUE ...
ELLE N'EST EFFICACE QUE S'ILS SONT AU MOINS TROIS À SE COUVRIR MUTUELLEMENT...

clic
ATTIREZ-LE DANS LA PIÈCE SUIVANTE !
TA TA TA TA
TAC TAC

…
TU LE LAISSES Y ALLER ?
C'EST CLAIREMENT UN PIÈGE !
ÇA IRA !
SI TU LE DIS… VOYONS VOIR COMMENT IL SE DÉBROUILLE !
TAP

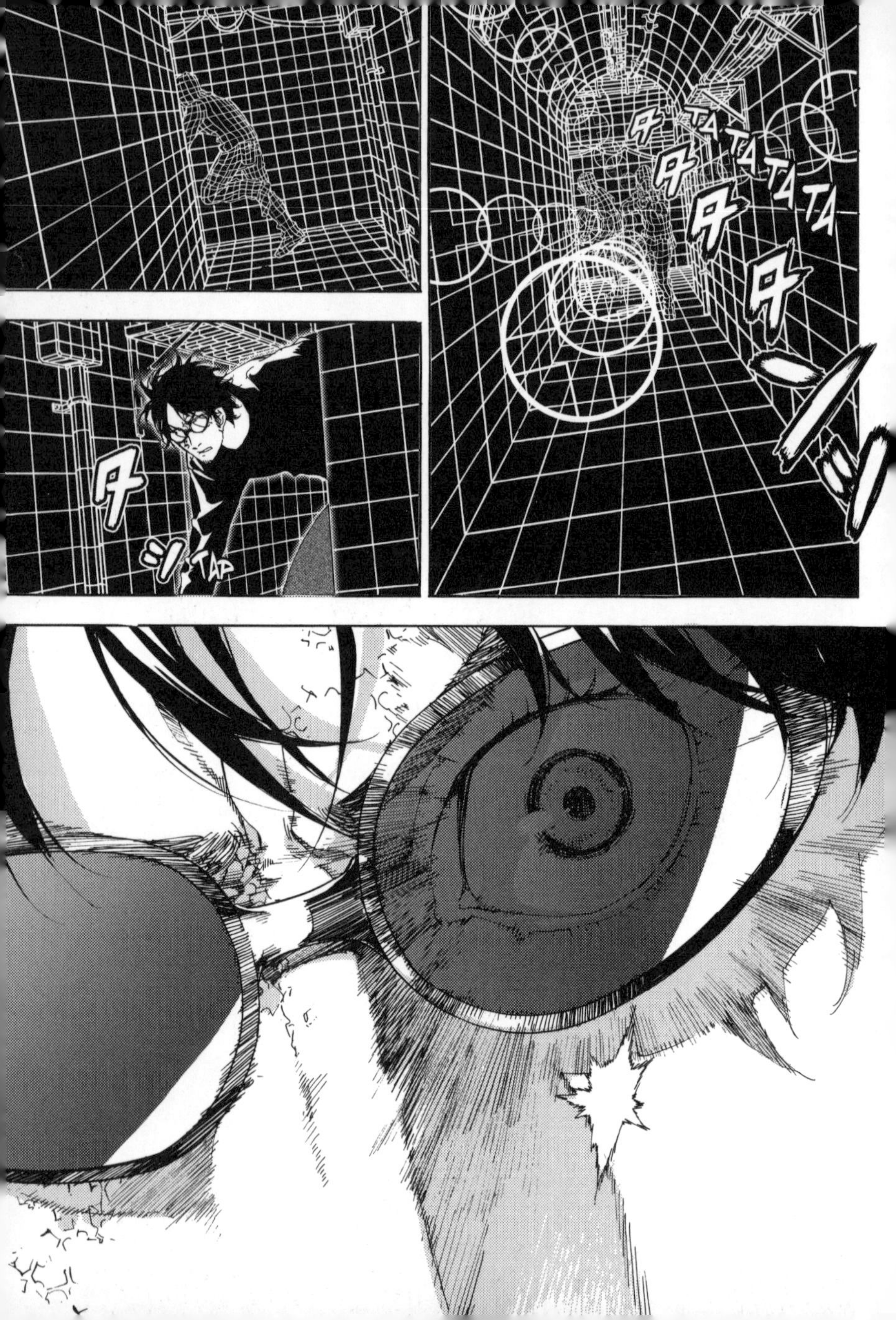

TATATATATA
TAP

JUSQU'À CE QUE LA MORT NOUS SÉPARE

Until Death Do Us Part

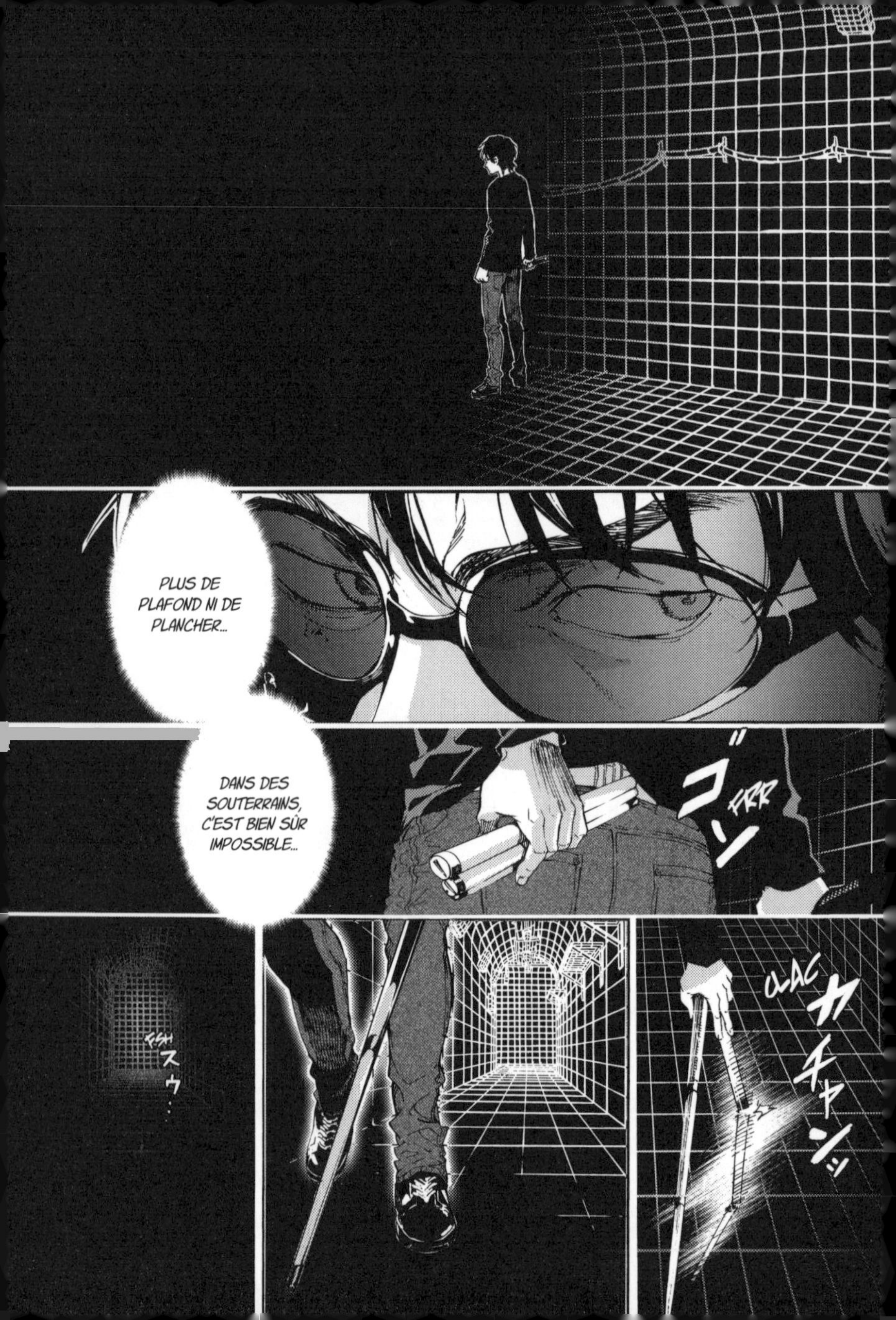
PLUS DE PLAFOND NI DE PLANCHER...
DANS DES SOUTERRAINS, C'EST BIEN SÛR IMPOSSIBLE...
FRRR
ゴン
CLAC
カチャンッ
スウ...

chapitre 89

ILS SONT LÀ, C'EST ÉVIDENT ! ILS RETIENNENT LEUR SOUFFLE...
EN ATTENDANT LE BON MOMENT POUR FRAPPER...

TOC
ゴト
JE VOUS EXPLIQUE : TOUS LES SONS AUTOUR DE CES DISPOSITIFS ANTIBRUITS SERONT SUPPRIMÉS...
ON LES INSTALLE AUX QUATRE COINS DE LA PIÈCE POUR EN FAIRE UNE CHAMBRE ANÉCHOÏQUE...
ET AINSI, LE SYSTÈME DE VISION DU SAMOURAÏ, QUI REPOSE SUR LA RÉVERBÉRATION DES ULTRASONS, SERA NEUTRALISÉ !
C'EST ENTRE AUTRES POUR CETTE RAISON QUE NOTRE HOMME A ÉTÉ MIS EN DIFFICULTÉ PAR LES DRONES DE FANG...
MAIS NE LE SOUS-ESTIMEZ PAS POUR AUTANT !

VOUS FERIEZ PEUT-ÊTRE MIEUX DE LAISSER TOMBER LES ARMES À FEU POUR UN ASSAUT GROUPÉ AU CORPS À CORPS...
RAPPELEZ-VOUS LA FAÇON DONT IL A ESQUIVÉ VOS TIRS, LA DERNIÈRE FOIS... C'EST DIRE SI SES SENS SONT AIGUISÉS !
MAIS BON, C'EST VOUS QUI SEREZ SUR LE TERRAIN... JE VOUS LAISSE DÉCIDER DE LA MÉTHODE À EMPLOYER !

AR-15

L'UN D'EUX A LÂCHÉ SON ARME ?
L'AUTRE S'EST SANS DOUTE...
DÉBARRASSÉ D'UN CHARGEUR VIDE !
ILS SONT CHACUN À UNE EXTRÉMITÉ DE LA PIÈCE... CELUI QUI A JETÉ SON FLINGUE S'APPROCHE...
IL VA ESSAYER ...

DE FRAPPER À L'INSTANT OÙ J'ESQUIVERAI LES TIRS DE SON PARTENAIRE !

TAP
TAP
GROAR
VSH
WOOSH

ROLL
ゴロ
ROLL
ゴロ
?!
VSH
バッ
MAMORU...
IL EST AVEUGLE ! COMMENT IL VA FAIRE ?

ゴ
オ
WOOSH
ッ
RASKAL
TAP
タッ

...
HEIN ?
AH, D'ACCORD... LES SENS QU'IL LUI RESTE SONT AIGUISÉS À L'EXTRÊME, AU POINT QUE RIEN NE LUI ÉCHAPPE ! ET QUAND UN COMBAT RISQUE DE TRAÎNER EN LONGUEUR, IL N'HÉSITE PAS À MUTILER SES ADVERSAIRES LES PLUS CORIACES, COMME LA DERNIÈRE FOIS...
ON NE PEUT PLUS COMPTER SUR SES SCRUPULES À BLESSER SES ENNEMIS !

VA-T'EN !
clic
カチ
JE N'Y COMPRENDS RIEN !
QU'EST-CE QU'IL NOUS FAIT, LÀ, HIJIKATA ? ET POURQUOI IL SE TIRE, L'AUTRE ?
DES ENNEMIS ARRIVENT PAR DERRIÈRE !

ILS SONT LÀ !
FEU !
TAP TAP
TA TA TA
TAC TAC TAC
DIRE QUE CE TYPE NE S'INQUIÈTE MÊME PAS POUR LA PETITE !
JE NOUS DÉBARRASSE D'EUX !
JE N'ENTENDS PAS MA VOIX ! COMMENT ÇA SE FAIT ?!
CLIC

BOUM
JE LES AI JUSTE SONNÉS...
AAAAH...
GH...
DÉSOLÉE... MAIS SI JE N'AVAIS PAS FAIT EN SORTE QUE LES CHOSES SE PASSENT COMME ÇA, IL VOUS AURAIT TUÉS...

SONAR system normal
TAP
コッ
TAP
コッ
JE RE-TROUVE MA VISION...
MAIS C'EST BIZARRE...
TAP
コッ
TAP
コッ
QUELQUE CHOSE NE TOURNE PAS ROND !

TAP
コッ
TAP
コッ
TAP
コッ
GRR
グッ
GRR
グッ

SLASH

GRASH
PLAF
AAAAAAAH !!
CLAC
TSS... CE COUP-LÀ AUSSI, IL M'A MANQUÉ QUELQUES CENTIMÈTRES...

BON SANG…
COMMENT TU AS COMPRIS QUE J'ÉTAIS LÀ ?!
D'ABORD SUPPRIMER MON CHAMP DE VISION, PUIS S'Y DÉROBER…
PAS MAL, COMME IDÉE !
MAIS CETTE PETITE ASTUCE NE SERT À RIEN SI TU N'ES PAS FICHU DE CAMOUFLER TON AGRESSIVITÉ CORRECTEMENT !
FUMIER …

JUSQU'À CE QUE LA MORT NOUS SÉPARE

Until Death Do Us Part

chapitre 90

CLAC !
CLAC !
QU'EST-CE QUE JE FOUS LÀ ?
!!

YAAAAH!!
CLAC
AH OUI, ÇA ME RE-VIENT...
LE MAÎTRE M'A ATTAQUÉ SANS PRÉ-VENIR...
CLAC
CLAC
TAP
TAP
TAP

VSH
CE N'EST PAS UN ENTRAÎNEMENT, MAIS UN VRAI COMBAT...
J'ARRIVE À PEINE À PARER SES COUPS, QUAND JE RÉFLÉCHIS À CE QUE JE FAIS !
CLAC
TCHAC
IL NE PLAISANTE PAS...
CLAC

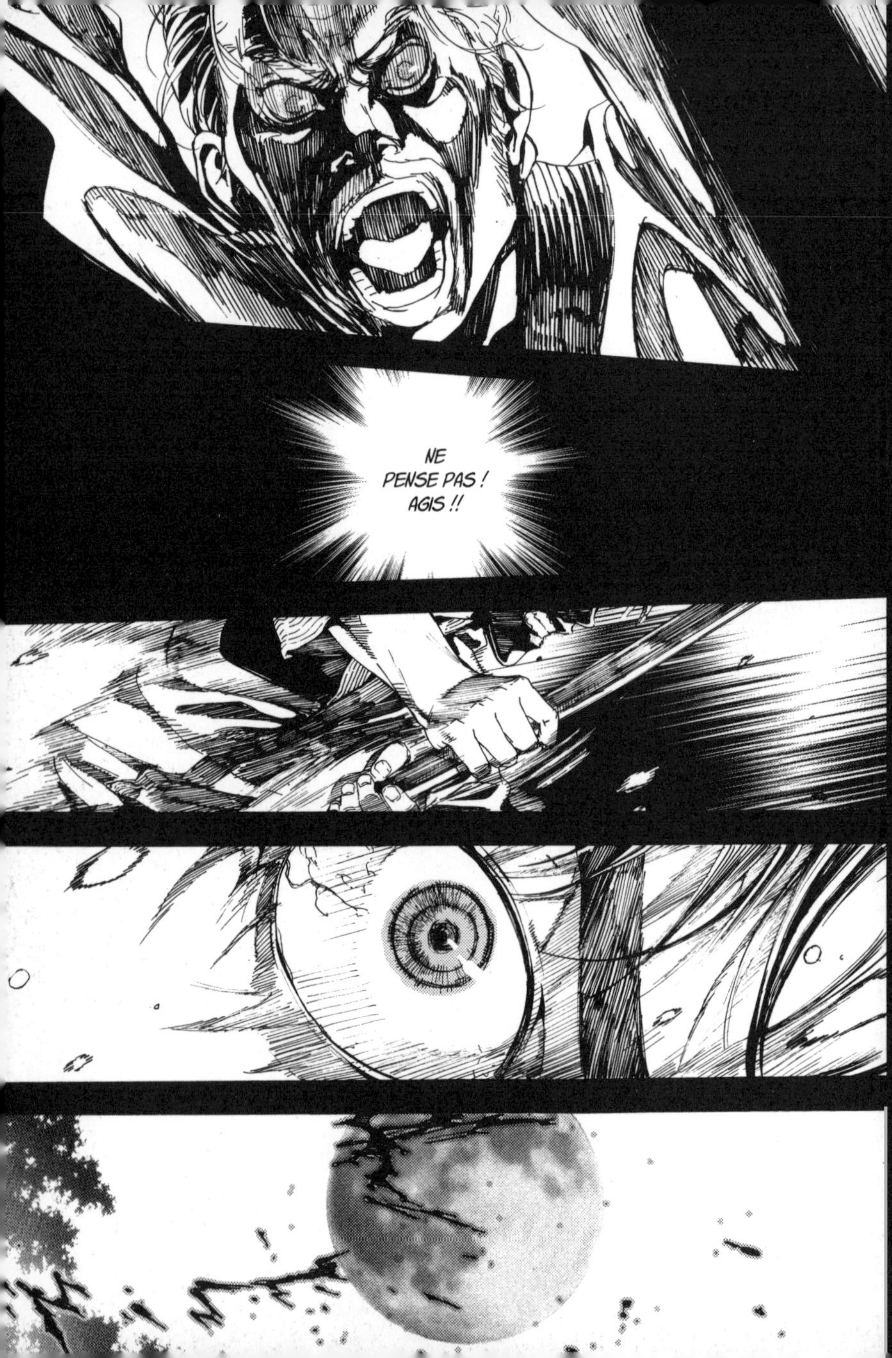
NE PENSE PAS ! AGIS !!

MAÎTRE !

AAH ...
?!
NE FAIS PAS COMME SI TU N'AVAIS PAS APPRÉCIÉ CE COMBAT !
PAF
DÉSORMAIS, TA VOIE EST TOUTE TRA-CÉE...
CONSACRE TA VIE À L'ART DU SABRE !

ザ
ザ
ア
ア
FSHHHH
...
QU'EST-CE QUE J'AI FAIT ?

コッ TOC
コッ TOC
C'EST TERMINÉ, LES SURPRI-SES ?

APPAREMMENT, VOUS N'AVEZ PAS EU DE MAL À ME TROUVER !
JE N'AI FAIT QUE CHOISIR LA GALERIE LA MIEUX GARDÉE...
OÙ EST KOMURA ? JE VEUX EN FINIR AVEC LUI !
RIEN NE PRESSE !
J'AURAIS QUELQUES QUESTIONS À VOUS POSER, AVANT TOUTE CHOSE !
POUR GAGNER DU TEMPS ?
EXACTEMENT !

MAIS AUSSI PARCE QUE JE NE PEUX PAS M'AVOUER VAINCU COMME ÇA...
OUBLIONS LE DUEL UN INSTANT ET LAISSEZ-MOI VOUS MONTRER COMMENT J'AURAIS PU GAGNER, SI J'AVAIS EU UN AUTRE DE MES HOMMES AVEC MOI...
QUOI ?!
CE N'EST PAS DE LA MAUVAISE FOI !
SI J'ÉTAIS SI FACILE À BATTRE, VOUS NE POURRIEZ PAS COMPTER SUR MOI POUR LA SUITE !
...
IL ME RÉSERVAIT ENCORE AUTRE CHOSE ?

JE NE SENS TOUJOURS AUCUNE PRÉSENCE, À PART LA SIENNE…
IL NE SEMBLE PAS NON PLUS Y AVOIR DE PIÈGE…
MAIS CE N'EST PAS LE GENRE DE TYPE À BLUFFER SANS AVOIR AUCUN ATOUT DANS SON JEU…
…
J'AURAIS PRÉFÉRÉ ATTENDRE ENCORE UN PEU, MAIS ÇA DEVRAIT ALLER…
FRAPPEZ-MOI AVEC VOTRE SABRE, ET JE VOUS EXPLIQUERAI TOUT !

...
SI VOUS ESPÉREZ VOUS EN SORTIR INDEMNE, VOUS VOUS FAITES DES ILLUSIONS !
ALLEZ-Y...
ET JE RECONNAÎTRAI VOTRE VICTOIRE !
VSH

SLASH
?!

...
COMMENT VOUS AVEZ FAIT ÇA ?!
VOUS NE DEVINEZ PAS ?
VOTRE SABRE EST BRISÉ ET LA TEMPÉRATURE EST ÉLEVÉE...
LA COMBINAISON DE CES DEUX FACTEURS VOUS EMPÊCHE D'ÉVALUER CORRECTEMENT LA PORTÉE DE VOS ATTAQUES !
EXPLIQUEZ-VOUS...
CE N'EST QU'UN PHÉNOMÈNE PHYSIQUE...
ÇA FAIT UN PETIT MOMENT QUE J'AI AUGMENTÉ LA TEMPÉRATURE DE LA PIÈCE... CE QUI A EU POUR EFFET DE FAUSSER DE QUELQUES MILLIMÈTRES LES MESURES DE DISTANCES PRISES PAR ULTRASONS !
QUAND LA TEMPÉRATURE EST ÉLEVÉE, LES SONS SE PROPAGENT RAPIDEMENT.
QUAND LA TEMPÉRATURE EST BASSE, LES SONS SE PROPAGENT LENTEMENT.
POUR QUELQU'UN COMME VOUS, MÊME UN ÉCART AUSSI INFIME PEUT ÊTRE FATAL !

JE VOIS... VOUS M'AVEZ LAISSÉ CROIRE QUE LE DEUXIÈME PIÈGE ÉTAIT LE DERNIER, MAIS VOUS M'EN RÉSERVIEZ UN TROISIÈME POUR LA FIN ! UN QUI PERTURBE MA NOTION DES DISTANCES DE LA FAÇON LA PLUS SIMPLE QUI SOIT ...
UN POINT POUR VOUS !
VOUS AVEZ BEAU ÊTRE DOUÉ AU POINT DE DEVINER LA PRÉSENCE D'UN ADVERSAIRE, ÇA NE VOUS EMPÊCHE PAS D'ÊTRE DÉSORIENTÉ SI ON MANIPULE VOS INFORMATIONS VISUELLES !
D'AUTANT QUE SANS CONTACT AVEC VOTRE VÉHICULE D'ASSISTANCE TECHNIQUE, VOUS N'AVEZ PERSONNE POUR CORRIGER LE PROBLÈME...
ET VOTRE VUE ÉTANT CE QU'ELLE EST, VOUS NE POUVIEZ PAS VOIR QUE JE TRANSPIRAIS !
HÉ HÉ HÉ... PAS MAL !
IL NE VOUS A PAS FALLU LONGTEMPS POUR TROUVER MES FAIBLESSES !

ÇA PROUVE QUE JE N'AI PAS PERDU MON TEMPS EN VOUS LANÇANT CE DÉFI !
J'APPRÉCIE LE COMPLIMENT, MAIS TOUJOURS EST-IL QUE C'EST VOUS QUI AVEZ GAGNÉ...
DOMMAGE QUE LE DERNIER DE MES HOMMES, CELUI QUE VOUS AVEZ BLESSÉ LA DERNIÈRE FOIS, SOIT EN TCHÉ-TCHÉNIE EN CE MOMENT... ON AURAIT PU DONNER UNE VRAIE CONCLUSION À NOTRE DUEL !
EN TCHÉTCHÉNIE ? VOUS AVEZ SUIVI MA TRACE JUSQUE-LÀ ?
ÇA N'A PAS ÉTÉ SANS MAL !
À MON TOUR DE VOUS DEMANDER DES EXPLICA-TIONS...
TOUT D'ABORD, COMMENT AVEZ-VOUS FAIT POUR ARRIVER ICI INDEMNE ?

TA TA
TA
TA TA TA
TAC TAC TAC TAC
SI MA STRATÉGIE AVAIT FONCTIONNÉ, VOUS SERIEZ COMPLÈTEMENT SOURD, À L'HEURE QU'IL EST !
VOUS AVEZ ÉTÉ EXPOSÉ DE LONGUES MINUTES À DES TIRS DE MITRAILLEUSES DANS UN ESPACE RESTREINT... NORMALEMENT, VOUS DEVRIEZ À PEINE POUVOIR MARCHER DROIT !
TAC
CRAC
TAC
CRAC
TAC
TAC TAC TAC TAC TAC TAC
DOM
DOM
DOM
VOTRE PLAN, C'ÉTAIT DE M'AFFAIBLIR PETIT À PETIT, HEIN ? DÉSOLÉ, MAIS C'EST RATÉ !

DES BOUCHONS ANTIBRUIT ?
UNE IDÉE DE HARUKA !
VOUS AVEZ SOUS-ESTIMÉ SON DON… IL FALLAIT PRENDRE EN COMPTE L'AVANTAGE QU'IL ME DONNAIT !
Raskal
JE NE L'AI PAS NÉGLIGÉ…
MAIS JE RECONNAIS L'AVOIR MAL ÉVALUÉ… IL FAUT DIRE QUE JE N'AI PAS L'EXPÉRIENCE DE LA VOYANCE !
CELA DIT, SES FACULTÉS N'ONT PAS PROTÉGÉ VOTRE SABRE !
…

ENSUITE ...
COMMENT AVEZ-VOUS VAINCU MES HOMMES, DANS LA PIÈCE INSONORISÉE ?
POUR ME PRENDRE PAR SURPRISE, IL AURAIT FALLU QU'ILS APPRENNENT À FLOTTER AU-DESSUS DU SOL !
BON, C'EST FINI, LES QUESTIONS-RÉPONSES !
OÙ EST KOMURA ?!
...

JUSQU'À CE QUE LA MORT NOUS SÉPARE

Until Death Do Us Part

FRR
パラ
FRR
パラ
?
BLAM
ド
ガ
AAAAH!!
ア
?!
QU'EST-CE QUI SE PASSE ?!

HÉ, HÉ, HÉ !
VROUUUUM
VRRM

chapitre 91

ÇA Y EST, J'AI FAIT LE MÉNAGE...
MAIS IL Y A DES PIÈGES TOUT LE LONG DE LA GALE-RIE !
ÇA VA, ILS SONT INOFFEN-SIFS...
PYRO M'A PRÉVENU... CE SONT JUSTE DES LEURRES !
OK...
MON COLLÈGUE VOUS A OUVERT LA VOIE !

CLAC
ガチャ
MERCI...
TAP
スッ
VOUS N'ESSAYEZ PAS DE ME ROULER, AU MOINS ?
CLAC
チャッ
...

CLANG
ガラ
CLANG
ガラ
IL N'EST PAS LÀ !
HA HA ! IL A PRIS SES JAMBES À SON COU, ON DIRAIT !
ON NE PEUT PAS DIRE QUE SAUVER LA FACE SOIT SA PRIORITÉ !
TSS... JE VOULAIS EN FINIR MAINTE-NANT, MAIS TANT PIS !
AVANT DE LUI COURIR APRÈS...
CLAC
ガチャ
J'AI À VOUS PARLER AFFAIRES !

PAS DE PROBLÈME ...
C'EST CE QUI ÉTAIT CONVENU !
...
TAP
BON SANG, IL N'EST PAS HUMAIN, CE TYPE...
MAIS LA PROCHAINE FOIS, JE NE LE RATE-RAI PAS !

VOUS ÊTES BIEN MONSIEUR KOMURA ?
?!
QU'EST-CE QUE TU ME VEUX ?
JE SUIS UN PEU PRESSÉ, LÀ !
J'OUBLIAIS...
QUE TU POUVAIS PRÉDIRE L'AVENIR...

A... ATTENDEZ UN MOMENT !
HEIN ?!
SINON...
VOUS ALLEZ VOUS FAIRE TUER PAR MAMORU !
...
HA HA HA HA HA !
ELLE EST BIEN BONNE, CEL-LE-LÀ ! JE SUIS LA DERNIÈRE PERSONNE POUR QUI TU DEVRAIS T'INQUIÉTER !

TU DEVRAIS PLUTÔT ...
RÊVER DE VENGER TES PARENTS !
...
C'EST VRAI...
MAIS JE NE VEUX PAS...
QUE MAMORU AIT VOTRE SANG SUR LES MAINS !

GRAT ポリ
ポリ GRAT
...
ET COMBIEN DE TEMPS JE SUIS SUPPOSÉ ATTENDRE ?
DITES-MOI QUE JE RÊVE !
ポ POF
ロ
SALUT !
VOUS POUVEZ Y ALLER ...

PFF
...
FAITES ATTENTION À VOUS !
TAP
TAP
TAP
HEIN
?
VSH
MAIS
...

VOUS ?!
SENJI ?!
JE SUIS RESTÉ ICI BIEN SAGE-MENT, COMME LA PETITE ME L'AVAIT OR-DONNÉ...
RÉSULTAT, JE GAGNE LE GROS LOT !
QU'EST-CE QU'IL FOUT LÀ ?!
QUEL CRÉTIN, CELUI-LÀ ! ON N'EN SERAIT PAS LÀ S'IL N'AVAIT PAS ENTRAÎNÉ DES CIVILS DANS NOS HISTOIRES DE YAKUZAS !
JE SUPPOSE QUE TU T'ES RETOURNÉ CONTRE MOI PAR FIDÉLITÉ ENVERS LE BOSS...

VOUS PARLEZ DE LA GAMINE ?
JE VIENS D'APPRENDRE CE QU'ON LUI A FAIT... JE NE PEUX PLUS SOUTENIR LE BOSS, APRÈS ÇA !
QU'EST-CE QUE TU FABRIQUES, ALORS ?!
TU PEUX ENCORE TE JOINDRE À MOI, SI TU VEUX ! TU ES LE BIENVENU !
TU VEUX JOUER LES HÉROS ?!
NON MERCI...
C'EST À LA PETITE DEMOISELLE QUE J'AI JURÉ FIDÉLITÉ !
TANT PIS POUR TOI !
...

NON, ATTENDS... SENJI EST UN YAKUZA, CERTES, MAIS EST-CE QUE LA GAMINE LE LAISSERAIT SE FAIRE DESCENDRE POUR AUTANT ?
AUCUNE CHANCE ! ÇA VEUT DIRE QUE SI J'ESSAIE DE LE BUTER, JE VAIS ME LOUPER ?
D'UN AUTRE CÔTÉ, IL NE ME LAISSERA PAS PASSER TANT QU'IL SERA EN VIE... BREF, QUOI QUE JE FASSE, CE SERA UNE PERTE DE TEMPS ! SI C'EST COMME ÇA...
VSH
JE LAISSE TOMBER !
...
CLIC
VOUS ME FAITES QUOI, LÀ ?!
PLAF
JE SUIS CURIEUX DE VOIR COMMENT CETTE HISTOIRE VA SE TERMINER, ALORS JE M'ASSOIS ET JE PROFITE DU SPECTACLE !
TU DEVRAIS EN FAIRE AUTANT !

JE ME SUIS RETROUVÉ PIEDS ET POINGS LIÉS SANS MÊME M'EN RENDRE COMPTE !
INUTILE DE M'AGITER, DONC... JE VAIS ATTENDRE BIEN TRANQUILLEMENT QUE L'OCCASION DE ME TIRER SE PRÉSENTE !
DRÔLE DE TYPE...
CE QUE J'AIMERAIS SAVOIR, C'EST POURQUOI IL FAUT POIREAUTER À CET ENDROIT PRÉCIS...
IL VA FORCÉMENT S'Y PASSER QUELQUE CHOSE, MAIS QUOI ?

AAAAH!!
VSH
SLASH
PLAF

C'EST TOI, KOMURA ?!
TU FRAPPES D'ABORD ET TU POSES LES QUESTIONS ENSUITE, TOI ?
チャッ
CLAC
EH ! RENDS-MOI ÇA !
MAIS QU'EST-CE QUE JE FICHE ?!
À QUOI ÇA SERT DE M'ÊTRE ENTRAÎNÉ À FOND AU TIR, SI C'EST POUR ME RETROUVER À NOUVEAU AVEC UN SABRE DANS LES MAINS ?

DIS-MOI OÙ EST TON PATRON ET TU AURAS LA VIE SAUVE, À DÉFAUT DU RESTE !
"À DÉFAUT DU RESTE" ?!
C'EST PAS AVEC CE GENRE D'ARGUMENT QUE TU VAS ME FAIRE PARLER !
TRÈS BIEN...
IL A L'AIR DE SAVOIR SE BATTRE, MAIS JE NE LE VOIS PAS FAIRE LE POIDS CONTRE BLADE ! TU NE VAS PAS INTERVENIR ?
PAS LA PEINE...

RASKAL
QUELQU'UN ARRIVE... UN HOMME ASSEZ FORT POUR ARRÊTER MAMORU !
QUOI ?!
VROUM

BUCÉ-
PHALE
?!
CRIIIII
VSH

TAP ダ
?!

EIICHI KOMURA EST SOUS MA RESPONSABILITÉ...
TU NE LE TOUCHERAS PAS ! JE SERAI SON BOUCLIER !
?!
IL EST BON ! JE NE PENSAIS PAS QU'IL EXISTAIT ENCORE DES EXPERTS DE SON NIVEAU !
À QUI AI-JE L'HONNEUR ?

E" SIGNIFIE "BOUCLIER" EN JAPONAIS, NDT.

JUSQU'À CE QUE LA MORT NOUS SÉPARE

Until Death Do Us Part

* PERSONNAGE PRINCIPAL DES MANGAS "YAMI NO AEGIS" ET "AKATSUKI NO AEGIS", NDT.

SCRATCH
JE SENS QU'IL VA Y AVOIR DU SPORT !
J'Y CROIS PAS ! C'EST VRAIMENT AEGIS ?
ALORS LÀ, VA SAVOIR CE QUI M'AT-TEND...
MINUTE !
JE VEUX D'ABORD M'ASSURER D'UNE CHOSE... SI TU ES BIEN LE FAMEUX BOUCLIER D'AEGIS...

PROUVE-LE !
BANG
BANG
BANG

TING
TING
TING
chapitre 92

CE BRAS DE MÉTAL... ET LA FAÇON DONT TU AS STOPPÉ LES BALLES...
PAS D'ERREUR, C'EST BIEN TOI !
GRR
D'HABITUDE, JE NE PROTÈGE PAS LES ORDURES DE TON ESPÈCE...
MAIS TU AS DE LA CHANCE, ON M'A DEMANDÉ DE FAIRE UNE EXCEPTION POUR TOI !
EEEH !

...
...
GRR
QUOI ?!
TAP
TAP
?
VSH
AAH !!
ÇA TOMBE BIEN...
JE N'AI EU DROIT QU'À DES COUPS FOURRÉS, AUJOURD'HUI... ÇA ME MANQUAIT, UN VRAI COMBAT !

* IL S'AGIT D'ANNA (CF. TOME 10), QUI EST ÉGALEMENT UN PERSONNAGE DE LA SÉRIE DES "AEGIS", NDT.

TU VAS TE BATTRE AVEC CE SABRE BRISÉ ?
TU CROIS QUE MES ENNEMIS ME LAISSERAIENT LE REMPLACER ?
IL NE SE FAIT PAS DE CADEAU...
...
WAOUH !

C'EST LA PREMIÈRE FOIS QUE JE VOIS MAMORU COMME ÇA...
?!
HEIN ?

ガ BAM
ガ BAM
ガ BAM
ガ BAM
BAM

BAM
BAM
BAM
CLANG
CLANG
CLANG
BAM
CLANG
BAM
...
POF
...
ALORS VOILÀ CE QUE ÇA DONNE, QUAND IL EST À FOND ?!
J'AI DU BOL QU'IL SE SOIT RETENU CON-TRE MOI !

* "L'ÉGIDE" EN FRANÇAIS, NDT.

C'EST TOUT CE QUE JE SAIS DE LUI !
IL A PERDU SA FAMILLE...
QUELLE PRÉCISION DANS SES COUPS !
MÊME AVEC MA PROTHÈSE, JE NE PEUX PAS LES PARER SANS SUBIR DE DOMMAGES...
JE N'AURAIS PAS CRU REGRETTER À CE POINT QUE MON SABRE SOIT CASSÉ !
VSH
スッ
CLAC

NITÔRYÛ, L'ÉCOLE DU COMBAT À DEUX SABRES...
CE N'EST QU'UNE CANNE EN RÉSINE RENFORCÉE, MAIS ENTRE LES MAINS D'UN EXPERT, ELLE EST BIEN PLUS DANGEREUSE QU'UN SABRE BRISÉ...
?!
VSH
スッ
TAP
サ
TAP
サッ
...
TAP
タッ

?!
TAP
TAP
TSS...
POURQUOI TU RECULES ?!
VU TON NIVEAU, TU AS FORCÉMENT REMARQUÉ QUE J'AVAIS BAISSÉ MA GARDE !!
JE ME DOUTAIS BIEN QUE C'ÉTAIT UNE INVITATION À ATTAQUER...

J'AURAIS SANS DOUTE SAUTÉ SUR L'OCCASION SI J'ÉTAIS AUSSI OBSÉDÉ QUE TOI PAR LE COMBAT...
MAIS JE SUIS UN GARDE DU CORPS !
?!
KOMURA ?!

BON SANG !
VSH
MON RÔLE EST DE PROTÉGER MON CLIENT JUSQU'AU BOUT !
SLASH
VSH
TAP
DÉSOLÉ...

ON SE REVERRA !
IL EST RE-DOUTABLE... SA TECHNIQUE EST EXCELLENTE ET IL PORTE SES COUPS SANS LA MOINDRE HÉSITATION !
SI UN JOUR JE DOIS LE COMBATTRE POUR DE BON, IL PROMET D'ÊTRE L'ADVERSAIRE LE PLUS CORIACE QUI SOIT...
...
J'Y COMPTE BIEN !

...
BEN ALORS ?! TU LE LAISSES S'EN ALLER ?!
...
JE NE L'AI PAS AFFRONTÉ DANS LES MEILLEURES CONDITIONS, AVEC MON SABRE ENDOMMAGÉ...
C'EST RAGEANT, MAIS JE N'AI PAS PU L'OBLIGER À SE DONNER À FOND ! AUTANT DIRE QUE J'AI PERDU !

BAM
EUH...
JE PEUX FAIRE QUEL-QUE CHOSE POUR VOUS ?
HAN
HAN
COMMENCEZ PAR ME COFFRER...
POUR DÉTENTION ILLÉGALE D'ARME À FEU !
BAM
HEIN ?! AAAAAH !!

ガチャンッ
CLAC
...
IL Y A UN POSTE DE POLICE À LA SORTIE DE LA FORÊT...
PROFITE DU COMBAT POUR PRENDRE LA FUITE ET COURS T'Y LIVRER...
QUOI ?!

Jusqu'à ce que la mort nous sépare II - fin

* LES IDÉOGRAMMES DE "VIF" ET DE "LENT" SE RESSEMBLENT ; LE PREMIER PEUT SE LIRE "EI", LE SECOND "DON", NDT.

JUSQU'À CE QUE LA MORT NOUS SÉPARE

Until Death Do Us Part

TOME 11
PAGES BONUS
AUJOURD'HUI, ON PARLE CUISINE...
2005, JUSTE APRÈS LE LANCEMENT DE "JUSQU'À CE QUE LA MORT NOUS SÉPARE". O-SECOND, MON PREMIER ASSISTANT, SE VOIT CONFIER LA MISSION DE FAIRE À MANGER...
DU RIZ, C'EST ÇA ?
...
JE VAIS ESSA-YER...
O-Sec
VOICI LE RÉSULTAT D'UNE DEMI-HEURE DE LUTTE ACHARNÉE :
RIZ CRU
RIZ CUIT
BOUILLIE DE RIZ
EN PLUS, L'AUTOCUISEUR ÉTAIT REMPLI À RAS BORD !
MAIS COMMENT TU AS PU EN ARRIVER LÀ AVEC UN AUTOCUI-SEUR ?
...
AUJOUR-D'HUI.
!
?
QU'EST-CE QUI VOUS PREND ?!
C'EST POUR AVOIR GÂCHÉ DU RIZ IL Y A QUATRE ANS !

LE RIZ TROIS COUCHES (?), ENCORE, CE N'ÉTAIT RIEN ! ADMIREZ LE PIRE CHEF-D'ŒUVRE CULINAIRE D'O-SECOND...
LA SOUPE DE SALADE AU CURRY (?!)
CINQ MINUTES PLUS TARD...
J'AI FINI !
C'EST QUOI, CE TRUC ?
Q-Sec
?
...
...
...
...
...
Q-Sec
JE LUI AVAIS POURTANT DEMANDÉ UNE SIMPLE SALADE AU CURRY...
MÉLANGE-MOI ÇA... MÊME TOI, TU EN ES CAPABLE !
OK ...
CURRY + ACCOMPAGNEMENT
NON, JE N'AI RIEN FAIT DE SPÉCIAL ...
C'EST ARRIVÉ COMME ÇA...
AUJOURD'HUI ENCORE, IL REFUSE OBSTINÉMENT DE NOUS DONNER LA RECETTE DE CE PLAT MYSTÉRIEUX...
TU AS AJOUTÉ DE L'EAU ?
...
TU N'AS TOUT DE MÊME PAS CRACHÉ DEDANS ?
...
MAIS TU Y AS BIEN MIS QUELQUE CHOSE ! LA LOI DE CONSERVATION DE LA MATIÈRE, TU CONNAIS ?!
...
Q-Sec
ALORS COMMENT SE FAIT-IL QUE LE BOL SOIT PLEIN À RAS BORD D'EAU ? COMMENT ?!
DU CURRY ET SON ACCOMPAGNEMENT...
J'ÉTAIS POURTANT SÛR DE LUI AVOIR DONNÉ ...

LES ASSISTANTS ARRIVÉS APRÈS LUI NE VALENT PAS MIEUX : AUCUN NE SAIT CUISINER !
QUELLE EST VOTRE SPÉCIALITÉ ?
LES NOUILLES INSTANTANÉES !
LE CURRY EN BARQUETTE À RÉCHAUFFER !
LES ŒUFS SUR LE PLAT !
LE CHEWING-CURRY
LES NOUILLES À LA GUIMAUVE
LES ANCHOIS DE L'ENFER
DÉCOUVREZ EN EXCLUSIVITÉ LES CHEFS-D'ŒUVRE DE MES DIFFÉRENTS ASSISTANTS !
RÉALISATION DE SURI
UN TRUC AYANT LE GOÛT DU CURRY ET LA VISCOSITÉ DU CHEWING-GUM. ELLE REFUSE TOUJOURS D'EN DÉVOILER LA RECETTE...
VERDICT : POUBELLE !
ŒUVRE DE 0-SECOND
À PARTIR DES INGRÉDIENTS SERVANT À CUISINER DES NOUILLES SAUTÉES, IL A INVENTÉ UN NOUVEAU TYPE DE NOUILLES, ÉPAISSES ET ÉLASTIQUES COMME DE LA GUIMAUVE !
VERDICT : POUBELLE !
PAR TAURUS
CE QUI ÉTAIT CENSÉ ÊTRE UNE BANALE SALADE D'ANCHOIS MARINÉS EST DEVENU UN AMAS DE POUDRE GRISE NON IDENTIFIÉE !
VERDICT : POUBELLE !
BANDE SON : MUSIQUE DU FILM LA MALÉDICTION.
JE FAIS SAUTER LES CRÊPES !
LES DOIGTS DANS LE NEZ !
OOOH...
...
JE SUIS ASSEZ DOUÉ, GRÂCE À CES LONGUES ANNÉES D'EXPÉRIENCE...
JE MANIE LE COUTEAU COMME UN PRO !
OOOH...
...
DU COUP, C'EST MOI QUI ME CHARGE DE LA POPOTE LA PLUPART DU TEMPS...
ÇA FAIT DIX ANS QUE JE ME FAIS LA CUISINE !
JE M'EN OCCUPE !
IL FAUT S'INQUIÉTER OU PAS ?

LE PLUS IMPORTANT, C'EST LE GOÛT… POUR ÇA AUSSI, JE N'AI QUE DES COMPLIMENTS…
QUEL EST VOTRE SECRET ?
PRENDRE LE TEMPS DE CHOISIR SES INGRÉDIENTS…
ET CUISINER RAPIDEMENT !
HA HA HA HA !
EN FAIT, UN JOUR, J'AVAIS RATÉ UN PLAT ET J'ESSAYAIS DIVERS ASSAISONNEMENTS POUR LE SAUVER DU DÉSASTRE…
COMMENT FAIRE ?
QUAND J'AI DÉCOUVERT AU FOND DE MON FRIGO UNE SAUCE MAGIQUE QUI A DONNÉ UNE NOUVELLE SAVEUR À MA CUISINE !
APPELONS-LA…
LA SAUCE MIRACLE !
EN UN INSTANT, MON REPAS INFÂME ET BON À JETER, S'EST TRANSFORMÉ EN UN VRAI RÉGAL POUR LES PAPILLES !
C'EST LE GOÛT DU PARADIS !
DEPUIS, CET ASSAISONNEMENT A SAUVÉ PLUS D'UN DE MES PLATS !
QUEL EST LE NOM DE CETTE SAUCE ?
ON NE DEMANDE PAS À UN CUISTOT DE DIVULGUER SES SECRETS !
IMPUDENTS !!
À BIENTÔT AU RESTO… DANS LE TOME 12 !
CETTE RECETTE RESTERA UN MYSTÈRE !

STAFF

SURI (26 ANS, SEXE FÉMININ) : CHEF ASSISTANTE

0-SECOND (23 ANS, SEXE MASCULIN) : RESPONSABLE DÉCORS

TAURUS (24 ANS, SEXE FÉMININ) : RESPONSABLE DÉCORS

DOCUMENTATION MILITAIRE

LEE HYUN SEOK (WARMANIA)

SPECIAL THANKS

SHINGÔ TAKANO

PROJET CROSSOVER

*JESUS SAJINKÔRO, YAMI NO AEGIS, AKATSUKI NO AEGIS**

SCÉNARIO : KYÔICHI NANATSUKI

DESSINS : YOSHIHIDE FUJIWARA

(ÉDITIONS SHÔGAKUKAN)

* RESPECTIVEMENT "JÉSUS – NUAGE DE POUSSIÈRE", "L'AEGIS DES TÉNÈBRES" ET "L'AEGIS DE L'AUBE" (TRADUCTIONS NON OFFICIELLES), NDT.

Doubt
Saurez-vous démasquer le loup ?
Yoshiki Tonogai
Doubt
1
Doubt
2
© Yoshiki Tonogai / SQUARE ENIX
Editions
ki-oon
www.ki-oon.com

PandoraHearts
Parfois, le simple fait d'exister
peut être le plus terrible des crimes
© Jun Mochizuki / SQUARE ENIX CO., LTD.
1
PandoraHearts
2
PandoraHearts
Editions
ki-oon
www.ki-oon.com

Editions
Ki-oon
www.ki-oon.com
L'Île de Hôzuki
RÈGLE N° 1 :
NE JAMAIS FAIRE
CONFIANCE AUX
ADULTES...
L'Île de Hôzuki
Kei Sanbe
1
L'Île de Hôzuki
Kei Sanbe
2
© Kei Sanbe / SQUARE ENIX CO., LTD.

7 IMPOSTEURS, 7 CIBLES
POUR UNE VENGEANCE IMPLACABLE...
ユーベルブラット
Übel Blatt
Editions
Ki-oon
www.ki-oon.com
© ETOROUJI SHIONO / SQUARE ENIX

KURO KAMI
BLACK GOD
SI VOUS CROISEZ UN JOUR VOTRE SOSIE, VOUS EN MOURREZ...
KURO KAMI
1
Lim Dall Young
Park Sung Woo
KURO KAMI
2
Lim Dall Young
Park Sung Woo
© Lim Dall Young, Park Sung-Woo / SQUARE ENIX
Editions
Ki-oon
www.ki-oon.com

LA NOUVELLE SAGA FANTASY DE SQUARE ENIX
© ichtys / SQUARE ENIX
Superior
Editions
Ki-oon
www.ki-oon.com

BAMBOO BLADE
Découvrez Bamboo Blade, le manga qui met de bonne humeur !
© Masahiro Totsuka, Aguri Igarashi / SQUARE ENIX
室江高
千葉
室
Editions
ki-oon
www.ki-oon.com

BITTER VIRGIN
Un manga sensible et poignant pour une histoire d'amour douce, amère et pas comme les autres…
© Kei Kusunoki / SQUARE ENIX
Editions Ki-oon
www.ki-oon.com

W0471777

UNTIL DEATH DO US PART, vol. 11
© 2010 Hiroshi Takashige, DOUBLE-S / SQUARE ENIX CO., LTD.
All Rights Reserved
First published in Japan in 2010 by SQUARE ENIX CO., LTD.
French translation rights arranged with SQUARE ENIX CO., LTD.
and Ki-oon Limited through Tuttle-Mori Agency, Inc.

Édition française

Traduction :
David Le Quéré

Adaptation graphique :
Clair Obscur

ISBN : 978-2-35592-178-0
Dépôt légal : juillet 2010
Achevé d'imprimer en France par CPI Aubin Imprimeur